LO SCAFFALE D'ORO

Roberto Piumini e Francesco Altan

Mi leggi un'altra storia?

Einaudi Ragazzi

Mi leggi un'altra storia?

Ciccio Boccone

Ciccio Boccone aveva la pancia grossa, e la teneva sempre piena. Un giorno di appetito furibondo, vide un ristorante ed entrò. C'era un signore col pizzetto bianco al tavolo vicino, che aspettava di essere servito: ma appena il cameriere si avvicinò al tavolo di quel vecchietto, Ciccio Boccone lo tirò per la manica.

– Mi serva, cameriere!

– Ma, signore, tocca a questo cliente! Era qui prima di lei...

– Non m'importa! Ho piú fame di lui! Mi porti subito della pastasciutta!

Il cameriere non sapeva che fare, ma il vecchio dal pizzo bianco sorrise, e non protestò: mise soltanto la punta del dito bianco nel bicchiere d'acqua che aveva davanti, disse una parolina segreta, e spruzzò col dito l'acqua verso Ciccio, che nemmeno lo guardava.

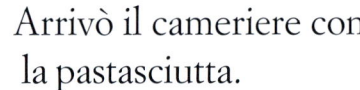

Arrivò il cameriere con la pastasciutta.

– E questa cos'è?

– La pastasciutta che ha ordinato, signore.

– Io non voglio pastasciutta! Voglio caffè e latte con biscotti e marmellata!

– Lei ha ordinato pastasciutta: e anche se avesse ordinato biscotti e marmellata io non glieli avrei portati, perché questo è un ristorante, e non serve colazioni!

– Io voglio latte, biscotti e marmellata!

Vennero altri due camerieri, e lo buttarono fuori.

Ciccio, sempre piú affamato, si mise a girare tutti i ristoranti, chiedendo latte e biscotti e marmellata, ma nessuno gliene dava. Alla fine trovò un negozio: comprò quello che voleva e andò a casa a mangiarselo.

Al mattino, alle otto, Ciccio andò al bar.

– Desidera, signore?

– Risotto ai funghi, polpette e peperonata, – rispose Ciccio.

– Scherza, signore?

– Macché scherzi! Ho una fame da lupi! Si sbrighi, con il risotto, e le polpette le voglio ben pepate!

Ciccio fu spedito fuori anche da quel bar, e da ogni altro dove andò a chiedere risotto e polpette alle otto di mattina.

La sua vita si complicò, diventò triste e difficile: nessuno gli voleva dare le cose che lui chiedeva, alle ore in cui le voleva, nessuno voleva fare con lui colazione all'ora di pranzo, o cenare all'ora della colazione. Dopo un mese, pallido e infelice, Ciccio incontrò il vecchio dal pizzetto bianco, che gli disse ridendo:

– Allora, ordina sempre lei per primo, signore?

Ciccio lo riconobbe, e gli chiese scusa. Il vecchietto si bagnò il dito con la saliva, disse una parolina, e lo toccò sulla punta del naso: e Ciccio ricominciò ad avere desideri regolari: ma non fu mai piú prepotente con vecchini dal pizzo bianco, anzi: non fu piú prepotente con nessuno.

9

Paola e la bicicletta

Paola aveva una bicicletta nuova, rosso fuoco, bellissima. Ci pedalava sopra, contenta, avanti e indietro per la strada davanti a casa sua.

Un giorno una donnina, che stava nel giardino di una casa poco lontana, le fece un segno. Paola si fermò.

– Per favore, mi aiuti a piegare il mio lenzuolo? – disse la donnina. – Non ce la faccio, da sola: è tanto grande!

Paola scese dalla bicicletta e aiutò la donnina a piegare il lenzuolo, poi tornò a pedalare.

Passarono i mesi: Paola continuava a pedalare sulla sua bicicletta, che però non era piú tanto nuova: la vernice si scrostava qua e là, qualche raggio delle ruote si stortava, le gomme si erano bucate due volte ed erano state riaggiustate, il fanale si era rotto e il sellino non stava piú al suo posto. Ogni tanto, quando la vedeva in giardino con il suo lenzuolo, Paola si fermava ad aiutare la donnina a piegarlo.

– Perché sei cosí scontenta? – le chiese un giorno la donnina, mentre piegavano il lenzuolo.

– Perché le cose diventano vecchie in fretta!

– Ti voglio insegnare un gioco, – disse la donnina. – Ogni volta che passerai davanti al mio giardino, non dimenticarti di sfiorare il cancello con la punta delle dita!

– Ma che gioco è?

– Chi farà vedrà! – disse la donnina.

Paola non fece altre domande. Da quel giorno, ogni volta che passava davanti alla casa della donnina, allungava la mano e sfiorava il cancello. Al principio non si accorse di niente: poi, guardando la bicicletta, vide che la vernice era tornata come nuova. Passò, sfiorò: e il sellino tornò a posto. Passo, sfiorò: la gomma davanti era come appena comprata. Ogni volta che sfiorava il cancello con le dita, una parte della bicicletta tornava nuova. Quando finí quel gioco? Quel gioco non finí mai. Anche quando fu grande, e la donnina non c'era piú, se Paola passava in bicicletta davanti a quella casa sfiorava il cancello con le dita, e la sua bicicletta si aggiustava: e nemmeno una volta, nella sua vita, la dovette portare dal meccanico.

11

Il treno che non partiva

Una mattina capitò una cosa strana: c'era un treno che doveva partire, i viaggiatori erano saliti, gli sportelli erano chiusi, il semaforo del binario era verde, il capostazione fischiò e alzò la paletta: ma il treno non partí.

Il capostazione fischiò ancora, e agitò la paletta con energia: ma il treno non partiva.

– Che succede? – chiese il capostazione al macchinista.

– Non lo so proprio, – rispose quello, schiacciando pulsanti e guardando quadranti. – Tutto sembra a posto, ma non parte!

Venne un meccanico a controllare, mentre i viaggiatori cominciavano a sporgersi dai finestrini, chiedere, protestare per il ritardo.

Il meccanico toccò, guardò, provò: tutto era a posto, tutto funzionava.

– E allora perché non parte? – disse il capostazione, mettendosi le mani fra i capelli.

A quel punto, una vecchina vestita di nero scese da uno dei primi vagoni, e si avvicinò alla locomotiva.

– Che succede, signori? – disse con voce sottile.

– Non lo sappiamo, signora: il treno non vuol partire!

– Davvero? Vediamo un po'... – e mentre gli altri guardavano, stupiti, la vecchina appoggiò l'orecchio al metallo della locomotiva, batté con le nocche, ascoltò di nuovo.

– Semplice! – disse poi. – Il treno non parte, perché vuole una canzone di buon viaggio... Deve essere stanco del solito fischietto! Cantate una bella canzone, e vedrete che partirà!

Il meccanico protestò, il manovratore sbuffò, ma il capostazione, che era disperato, e aveva anche una bella voce, cominciò a cantare una canzone di buon viaggio: ed ecco che, senza nemmeno spingere un bottone, la locomotiva si mise in movimento, con dietro tutti i vagoni, e il treno scivolò via sempre piú veloce, mentre il capostazione continuava a cantare con le braccia larghe, e la bella voce rimbombava sotto la tettoia.

13

Il bambino e il drago

Il bambino era in casa, solo. La mamma e il papà erano usciti, chissà a che ora sarebbero tornati. Lui stava alla finestra, con gli occhi spalancati: il buio era molto buio, perché era una notte senza luna.

Ed ecco, in giardino, il bambino vide qualcosa che si muoveva: una cosa grossa, lunga, che strisciava e veniva verso la porta. Il bambino sentí il cuore battere forte. Andò di corsa alla porta per chiuderla: ma prima di arrivarci vide che si apriva, e un unghione scuro entrava, e una zampaccia verdastra graffiava il pavimento.

Il bambino si fermò, tenendo il fiato: c'era un rumore di respiro grosso e rauco, e un brutto odore di foglie marce. E all'improvviso, sotto la porta, guizzò una lingua di fuoco, tremenda.

Il bambino saltò indietro, terrorizzato. Senza fare rumore, lentamente, arrivò alle scale che portavano al primo piano, e cominciò a salire. La porta esterna si era aperta del tutto, e si sentivano tonfi di passi lenti e appiccicosi.

Arrivò al primo piano, si voltò: il rumore saliva lento su per le scale, e la luce della lingua di fuoco si

vedeva già quasi al primo scalino. Il bambino corse su per la scala della soffitta, mentre di sotto continuava quel passo pesantissimo e lento. Arrivò in solaio, col cuore che scoppiava nel petto, e chiuse lo sportello, mettendoci sopra il baule dei giocattoli vecchi. Con l'orecchio contro il pavimento, ascoltava il passo sul pianerottolo. Gli sembrava di sentire, sulla pelle, sbuffi di aria calda. La puzza era tremenda.

Poi, il bambino sentí che il passo pesante saliva la scala del solaio. Strisciò via, pallido, verso la parte dove il tetto si abbassava, e c'era una finestrella. La aprí, mentre qualcosa urtava contro lo sportello chiuso, da sotto. Ci fu un colpo forte: il bambino guardò: due occhi orrendi, giallastri, splendevano nel buio. Saltò fuori dalla finestrella, fu in piedi sul tetto. La mamma non voleva che lui andasse sul tetto: ma quella volta c'era una ragione speciale. Camminò adagio, in discesa, fino alla grondaia. Lí sotto, a poco piú di un metro, c'era il tetto piatto della rimessa. Il bambino si voltò: lampi di luce rossa e gialla venivano dalla finestrella. Il bambino saltò, atterrò sulla rimessa: da lí era facile calarsi in cortile e scappare. Ma appena fu giú, fra cespugli di gelsomino, ricordò una cosa che aveva letto. Corse alla porta di casa: una punta di coda verde, sottile, spuntava dalla porta aperta, oscillando di qua e di là. Il bambino si avvicinò, aprí i calzoncini, e fece pipí sulla punta della coda, perché aveva letto che se si fa pipí sulla coda di un drago, il drago sparisce. E infatti ci fu un urlaccio di rabbia, uno sfrigolío, un fumo nerastro che uscí da tutte le aperture della casa, e del drago non rimase piú niente, nemmeno il ricordo.

Vicino e lontano

C'era una volta il cavalier Guerriero, che volle andare in guerra. La sua sposa Mallerina non voleva, perché preferiva averlo vicino, ma lui disse:

– Di far la guerra ho voglia, perciò ti lascio, moglie! – e andò lontano.

Quando fu lontano, fece una guerra: chissà se la vinse o la perse, a noi non interessa, perché le guerre son brutte cose: quando ebbe finito, decise di tornare a casa. Allora mandò alla sposa un messaggero che si chiamava Sebastiano, con un messaggio che diceva: *Moglie, sono lontano cento miglia: prepara il castello e le feste, perché voglio una bella accoglienza.*

Sebastiano cavalcò e cavalcò per cento miglia, arrivò al castello, diede il messaggio a Mallerina. Lei lo lesse, disse: – Va bene, – e lui tornò. Ma appena Sebastiano fu tornato, il cavalier Guerriero gli disse:

– Riparti, e porta questo messaggio alla mia sposa! – Il messaggio diceva: *Moglie, sono a settanta miglia: prepara stoffe,*

pittura pareti, cogli fiori: perché voglio un'accoglienza solenne.

Sebastiano cavalcò e cavalcò per le settanta miglia, arrivò al castello, diede il messaggio a Mallerina, che lo lesse e disse: – Va bene, ma quanto pesa essere sposa... – Lui tornò indietro: non ebbe nemmeno il tempo di scendere da cavallo, che il cavaliere gli disse:

– Porta questo nuovo messaggio alla mia sposa! – Il messaggio diceva: *Moglie, sono a cinquanta miglia: prepara bianche lenzuola, poltrone di raso e tappeti pettinati, perché voglio un'accoglienza meravigliosa.*

Sebastiano cavalcò, cavalcò, arrivò al castello, lei lesse il messaggio, e disse: – Va bene: ma che fatica aver marito! – Lui tornò dal cavaliere, che subito gli disse:

– Riparti, e di' alla mia sposa: *Moglie, tuo marito è a trenta miglia: prepara pasta, carne, formaggi, vino e dolcetti, perché voglio un'accoglienza da re!*

Sebastiano cavalcò, arrivò, disse il messaggio: lei lo ascoltò, e disse:

– Va bene, ma che tortura questo sposo! – Lui tornò.

– Torna subito al castello, e di' a mia moglie: *Moglie, sono a dieci miglia: prepara la tua faccia con creme, cipria e*

rossetto, perché voglio un'accoglienza da imperatore.

Sebastiano cavalcò, arrivò, disse il messaggio.

– Insomma! – disse Mallerina. – Sono cosí brutta da dovermi truccare?

– Non sei brutta: anzi, sei bella, – disse Sebastiano.

– Visto che a te piaccio, anche tu piaci a me, – lei disse, e cosí presero l'argento e l'oro del castello, e scapparono su un cavallo bianco, e quando il cavalier Guerriero arrivò, non trovò nessuna accoglienza, e si arrabbiò tanto che perse tutti i capelli, e da quel giorno lo chiamarono il cavalier dell'Ovo Sodo.

Paticco e Patocco

Il clown Paticco stava per sedersi comodamente sulla seggiola rossa: ma il clown Patocco, svelto, gliela levò da dietro, cosí Paticco finí con il sedere per terra, agitando le lunghissime scarpe in aria.

Intanto Patocco, visto che la sedia era libera, si avvicinò per sedersi: ed era lí col grosso sedere che sporgeva all'indietro, muovendolo di qua e di là per scegliere la posizione piú comoda, quando la sedia si spostò, e lui cadde in terra con gran fracasso.

Cos'era successo?

Paticco era ancora là, disteso, lontano dalla sedia... Ma c'era una cordicina, attaccata alla gamba della sedia, e Paticco l'aveva tirata, perché voleva molto bene a quella sedia rossa, e le aveva messo il guinzaglio come a un cagnolino: ecco perché si era spostata, facendo cadere Patocco.

Cosí Paticco, tirando la sedia vicino con la corda, si alzò e si preparò a sedere comodamente, mentre Patocco agitava i piedoni nell'aria, a cinque metri di distanza. Ma proprio nel momento in cui Paticco, piano piano, si sedeva, la sedia si spostò, e

Paticco cadde per la seconda volta per terra, a scalciare il cielo.

Cos'era successo? Forse anche Patocco aveva tirato una cordicina? No, ce n'era una sola, attaccata alla sedia. E allora? Allora, bisogna sapere che Patocco conosceva la formula magica per fare spostare le sedie, e l'aveva detta, e la sedia si era spostata, facendo cadere Paticco.

Ora, sempre dicendo a bassa voce la formula magica, Patocco fece venire la sedia vicina vicina, e si preparò a sedercisi sopra beatamente: ed era lí che si sedeva, quando, zac! la sedia si spostò, e Patocco finí per la seconda volta, anche lui, a gambe levate.

Ma cos'era accaduto? Forse anche Paticco conosceva le parole magiche per spostare le sedie? No, non le conosceva: e allora? Allora, bisogna sapere che la sedia, dopo aver visto quei capitomboli, aveva voluto spostarsi da sola: per questo Paticco era finito per la terza volta per terra.

Cosí, visto che non riuscivano a sedersi uno alla volta, Paticco e Patocco si misero d'accordo per sedersi tutti e due insieme: presero la sedia, la misero dietro di loro e, piano piano, sporsero i sederoni per sedersi, finalmente.

E noi cosa facciamo? Lasciamo che si siedano, o diciamo la formula magica per spostare la sedia? Non la sappiamo? Ma sí che la sappiamo: la formula è «Sedia che sta va là».

Svelti, diciamola, perché Paticco e Patocco stanno già sfiorando la sedia rossa coi loro sederoni!

– Sedia che sta va là!

Ed ecco che la sedia rossa si spostò, e Paticco e Patocco caddero insieme con doppio fracasso, e agitarono in aria i quattro lunghi piedoni, come un somaro caduto, mentre i bambini ridevano, ridevano, ridevano.

Il bambino vanitoso

Un bambino che pensava di essere il piú bello del mondo passeggiava un giorno per un parco, e vide un ometto con la macchina fotografica, che stava per scattare una foto a una farfalla.

Allora andò di corsa a spaventare la farfalla, e la fece volare via.

– Perché l'hai fatto? – chiese l'ometto.

– Perché voglio che tu fotografi me.

– E perché vuoi che fotografi te?

– Perché io sono piú bello.

– Davvero? – disse l'ometto sorridendo. – Allora vediamo...

Puntò la macchina, e clic, scattò una fotografia.

– Quando la potrò vedere? – chiese il bambino.

– Subito, se vuoi, – disse l'ometto. – Eccola qua!

Levò dall'apparecchio la foto, e la diede al bambino: ma quando il bambino la vide fece una smorfia, e disse:

– Non ti sei accorto che avevo una farfalla davanti alla faccia, quando hai scattato?

– No, non avevi nessuna farfalla! – disse l'ometto.

– Allora fammene un'altra subito!

L'ometto lo inquadrò, e clic, ne fece un'altra, e subito la mostrò al bambino: ma davanti alla faccia, nella fotografia, c'era una farfalla gialla, bella grossa.

– Ma come! – piagnucolava il piccolo. – Non c'era nessuna farfalla, quando me l'hai scattata!

– Sí, anche a me sembrava... – disse l'ometto, e se ne andò.

Il bambino si asciugò la faccia e corse a specchiarsi nella vetrina di un negozio: c'era una farfalla rossa davanti alla sua faccia. Eppure nessuna farfalla volava lí intorno: la vedeva soltanto nel vetro. Impaurito corse a casa, entrò, chiuse porte e fine-

stre, andò in bagno, chiuse a chiave la porta, guardò attorno: niente farfalle. Si mise davanti allo specchio e guardò: una farfalla azzurra svolazzava davanti alla sua faccia.

Pianse, si arrabbiò: ma le cose continuarono cosí. Ogni volta che si specchiava c'era una farfalla davanti al viso, e lui non si poteva mai vedere del tutto: finché alla fine non si specchiò piú.

Qualche anno dopo, quando ormai non ricordava piú la sua faccia, mentre era affacciato alla finestra, una farfalla piccola, arancione, gli svolazzò davanti, e poi andò giú, verso la strada: e si posò sulla mano di un ometto con la macchina fotografica, che passava di là. Il ragazzo rimase a bocca aperta, ricordando: e in quel momento l'uomo alzò la faccia, e la mano, e lo salutò.

Allora il ragazzo, piano piano, andò davanti a uno specchio e guardò: non c'erano piú farfalle, ma la faccia di un ragazzo che non conosceva. Non era la piú bella del mondo, ma era la sua: e lui sorrise, contento di averla ritrovata.

La lucertola Gonzilla

C'era, nel paese delle lucertole, una lucertola piú grossa delle altre, molto prepotente. Quando vedeva una lucertola al sole, la grande lucertola, che si chiamava Gonzilla, le andava davanti e diceva:

– Non rubarmi il sole, tu!

– Ma io non te lo rubo, Gonzilla! Di sole ce n'è per tutte!

– Storie! – Gonzilla gridava. – Il sole che prendi tu, non lo prendo io! Vattene subito, o ti mordo la coda!

Piú in là c'era un'altra lucertola al sole: Gonzilla le correva davanti:

– Questo sole è per me, ladruncola!

– Ma di sole ce n'è per tutte!

– Sciocchezze! Il sole che prendi tu, non lo prendo io! – e la scacciava.

Cosí faceva, giorno dopo giorno. La vita delle lucertole diventava difficile: allora decisero di andare dalla maga Malibú, una gazza vecchia e saggia che viveva su un'acacia.

Malibú ascoltò quello che le lucertole avevano da dire, e rispose:

– Domani, a mezzogiorno, nascondetevi tutte: e lasciate fare a me.

Il giorno dopo, Malibú volò su un ramo vicino a dove Gonzilla stava prendendosi il sole. Non c'era nessun'altra lucertola nelle vicinanze. La gazza guardò un poco Gonzilla, e poi levò da sotto le piume una lente, che aveva rubato qualche anno prima sulla nave di un pirata. La prese nel becco, e spostandosi in un certo modo sul ramo, concentrò un raggio di sole proprio sulla testa di Gonzilla, che stava beata ad occhi chiusi.

– Ahia! – disse dopo un poco la lucertolona, e aprí gli occhi. Da sopra la testa, le usciva un filo di fumo.

– Che succede, cara? – disse Malibú dall'albero, dopo aver posato la lente sul ramo.

– Succede che mi sono bruciata qui sopra!

– È stata la luce del sole! – disse Malibú, agitando con calma la coda, e tacque.

– Il sole? Come, il sole? Il sole non mi ha mai scottato in questo modo! – disse Gonzilla.

– Già... Ma adesso, vedi, le altre lucertole non ci sono piú, – disse la gazza. – Prima la luce andava su tutte: ora che sei sola, la luce cade tutta su di te, e ti scotta!

– Davvero? – disse Gonzilla, e subito cominciò a correre di qua e di là, gridando: – Sorelle, tornate al sole, presto!

Fu cosí che Gonzilla smise di disturbare le altre lucertole, e non si scottò piú.

Ben-Aruf e Abd-Afar

C'era una volta un mercante di nome Ben-Aruf, che attraversava spesso il deserto con i suoi cinque cammelli, stando in groppa al piú grosso.

Un giorno, all'inizio di un viaggio, incontrò Abd-Afar, un altro mercante, che si avviava nella stessa direzione con i suoi cinque dromedari.

– Poiché Allah ci ha messi sulla stessa strada, perché non facciamo insieme il viaggio? – propose Abd-Afar.

– Ma certo, collega Abd-Afar, – rispose Ben-Aruf. – Un viaggio è un viaggio: ma è meglio se fatto in compagnia.

Si misero in marcia.

Ora, come si sa, i cammelli hanno due gobbe e i dromedari una sola. Cosí, mentre Ben-Aruf sedeva comodo fra le gobbe del suo cammello, Abd-Afar era appollaiato sull'alta gobba del dromedario, meno comodamente.

Dopo qualche ora, disse Abd-Afar:

– Compare mio, Ben-Aruf, non stiamo andando

un po' troppo veloci? Io sto meno comodo di te, in sella: ti prego, rallentiamo un po' l'andatura...

Ma l'altro rispose:

– Se dobbiamo fare insieme il viaggio, non vuol dire che dobbiamo andare piú lenti. Un viaggio è un viaggio, e io vado come voglio. Se vuoi andare piú adagio, resta pure indietro.

Ma Abd-Afar teneva alla compagnia di Ben-Aruf, e continuò la marcia a quella velocità, con dolore di ossa.

– Amico Ben-Aruf, – disse ad un certo punto, – perché non ci scambiamo il posto, ogni tanto? Co-sí, io starei un po' piú comodo, e potremo conti-nuare il viaggio insieme!

Ma Ben-Aruf rispose:

– Se stai scomodo, sono affari tuoi. Sei tu che pre-ferisci i dromedari ai cammelli. Vuoi viaggiare con me? Devi correre. Sei scomodo? Scomodo resterai!

E continuarono a quel modo, con le ossa di Abd-Afar che facevano sempre piú male.

Ad un tratto, dall'alto della gobba del dromeda-rio, vide che piú avanti, oltre una duna, c'erano dei predoni. Allora si fermò, e disse:

– Fratello Ben-Aruf, vieni per un momento solo in groppa al mio dromedario: da quassú si vede un paesaggio piú ampio e interessante di quello che si vede dal tuo cammello.

E Ben-Aruf:

– Che m'importa del paesaggio? Io non ho tempo

da perdere: un viaggio è un viaggio, e gli affari sono affari! E questo del paesaggio è un trucco per farmi cambiare cavalcatura: io non ci casco!

E andò avanti, senza nemmeno voltarsi a salutare, mentre Abd-Afar faceva accucciare i suoi dromedari nella sabbia, diventando invisibile.

Cosí Ben-Aruf fu assalito dai predoni del deserto: e c'è chi dice che perse un cammello, chi dice che ne perse due, chi tutti e cinque. E c'è chi dice che perse anche la sua testa ostinata.

L'abete

Un piccolo abete stava in un bosco sulla montagna. A Natale qualcuno lo prese, con tanto di radici, lo caricò su un camioncino e lo portò in città, dove rimase per dieci giorni in una casa, con le radici in un vaso stretto, tutto coperto di palle colorate e festoni d'argento.

Passate le feste, fu piantato in un'aiuola del cortile, fra tre altri alberelli malandati. Anche lui era stanco e spelacchiato, a causa di tutti quegli spostamenti, sradicamenti e radicamenti: ma siccome era vivo, stese le radici e cominciò a nutrirsi e respirare, e scambiare qualche silenziosa parola con gli altri alberi.

Però non era una bella vita: il terreno era secco e amaro, le radici trovavano poco da mangiare, e quel poco aveva strani sapori. Eppoi, lí in mezzo alle case alte, il sole arrivava solo per tre ore al giorno, e il resto del tempo era un'ombra fredda e triste. E poi, siccome non c'era spazio altrove, i bambini giocavano nel cortile, e al povero abete, come agli altri alberi, toccavano pallonate, urti e strappi. E i cani della casa venivano a fare la cacca e la pipí nelle vicinanze, e questo peggiorava le cose.

Il piccolo abete era scontento, e stava male. Si lamentava con gli altri alberi, e raccontava come era bella la montagna, i prati, l'aria aperta, la terra buona, il sole dalla mattina alla sera: ma gli altri alberelli, che non avevano mai visto niente di simile, credevano che raccontasse delle bugie.

Il piccolo abete divenne molto triste, e si ammalò: poco a poco si lasciava morire.

Una sera passò sopra la città un vento fresco che veniva dalla montagna: vide l'abetino, lo riconobbe, scese a muovergli un po' i rami. Ma quando vide come stava, domandò:

– Che ti succede?

L'abetino, con la voce stanca, gli raccontò quello che noi sappiamo.

Il vento pensò, e disse:

– Ti piacerebbe tornare lassú, piccolo?

– Certo che mi piacerebbe!

– Allora non ti spaventare, – disse il vento, e cominciò a girare in tondo come una trottola, veloce, sempre piú veloce: e l'abete si sentí strappare le radici da quel cortile duro e amaro, e trascinare in su, sempre piú su, nel cielo buio: e poi scendere giú, piano piano, girando, proprio nel buco che le sue radici avevano lasciato sulla montagna. Contento, ringraziò il vento, e si addormentò.

Al mattino, quando si svegliò, cosa vide nella luce del cielo? I tre alberelli del cortile, storditi dall'aria fresca: il vento aveva trascinato anche loro, posandoli dentro tre tane di marmotte abbandonate.

– Adesso credete a quello che raccontavo? – disse il piccolo abete.

Certo che ci credevano, e muovevano i rami nel cielo, molto felici.

Il cavallino bianco

In una piazza c'era una giostra con due automobiline, una carrozza, un cavallino bianco, un razzo giallo e rosso, una bicicletta e una barchetta azzurra. Durante il giorno la giostra girava e girava, ma di notte stava ferma, e allora tutti chiacchieravano un po'.

– Non siete stanchi di stare qui, legati a questo palo? – disse una notte il cavallino bianco. – Non facciamo mai altro che girare, girare e girare...

– Già, a me gira sempre la testa! – disse l'automobilina rossa. – Ma dove potrei andare? Io conosco solo questa strada circolare... Le strade vere sono cosí grandi e rumorose!

– E io, come farei ad andare in giro da sola? – diceva la bicicletta. – Chi mi guiderebbe?

– A me piacerebbe andare in giro... – disse l'automobilina blu. – Ma mi mancherebbero le risate dei bambini...

La barchetta disse:

– Non ci penso nemmeno, ad andarmene via! Io ho paura dell'acqua, e dovrei navigare!

– E tu, razzo, che ne dici? – chiese il cavalluccio bianco.

– Dico che sono tutte sciocchezze! – disse il razzo. – Noi non siamo cose vere: io sono un razzo finto, tu sei un cavallino finto. Siamo solo pezzi di legno, metallo e plastica, e il nostro posto è questo!

Dopo quella tirata, tutti restarono zitti, e la notte passò. Ma il cavallino, durante la notte, provò lo stesso a tirare e tirare, per vedere se riusciva a staccarsi dalla giostra: ma non ci riusciva, perché era davvero di legno, proprio come aveva detto il razzo.

Il giorno dopo la giostra riprese a girare: gira e gira, i bambini ridevano, la musica suonava, ma il cavallino bianco aveva il cuore triste.

A un certo punto gli montò in groppa una bambina leggera come una piuma, che non rideva come tutte le altre, e cominciò ad accarezzargli il collo. Il cavallino era stupito, e oscillava su e giú con piú lena del solito, per farla ridere: ma lei non rideva, lo accarezzava soltanto. Poi la giostra si fermò: mentre scendeva, la bambina sussurrò all'orecchio del cavallino:

– Ci vediamo alla fontana, a mezzanotte!

Il cavallino restò stupito. Che volevano dire quelle parole? Quando la giostra si fermò, e le luci si spensero, e tutto fu buio, sentí addormentarsi gli altri intorno: ma lui restò sveglio, con una strana sensazione dalla criniera alla coda.

A mezzanotte, successe un fatto: qualcosa cominciò a battergli dentro, con colpi leggeri e svelti. E il cavallino sentí che non era piú legno, ma carne e

ossa. Allora diede uno strattone, ruppe le cinghie che lo legavano al palo e i chiodi che lo tenevano alla pedana: con un salto scese, con un altro fu alla fontana, dove la bambina lo aspettava. Lui bevve un sorso d'acqua fresca, lei gli saltò in groppa, e questa volta rideva, e se ne andarono via al galoppo verso il paese delle fate bambine e dei cavallini felici.

La palla nel fiume

Un bambino e una bambina giocavano a palla vicino a un fiume. Lei la tirava a lui, lui la tirava a lei, e quasi sempre la prendevano. Qualche volta la palla cadeva a terra, e lui o lei la raccoglieva, e ricominciavano a giocare.

Però, una volta, lei tirò, lui non prese, e la palla cadde nel fiume, e cominciò ad allontanarsi sulla corrente.

La bambina e il bambino, che non volevano perdere la loro palla, ma nemmeno bagnarsi, si misero a correre lungo la sponda, sperando che la palla si avvicinasse alla riva, in modo da poterla prendere: ma la palla galleggiava tranquilla proprio al centro del fiume, e non si avvicinava alla sponda e nemmeno s'incagliava in qualche ramo o in qualche pietra sporgente.

Arrivarono dove stava un barcaiolo, e chiesero:

– Per favore, ci puoi prendere la nostra palla?

Ma il barcaiolo voleva essere pagato: il bambino e la bambina non avevano denaro, e allora continuarono a correre giú lungo il fiume, accanto all'acqua.

Ed ecco un pescatore che lanciava la sua esca seduto su un ponte.

– Per favore, ci puoi prendere la palla col retino? – domandarono i due bambini, ma quello disse:

– Non posso: il pesce sta abboccando: appena avrà abboccato, ve la prenderò...

Ma la palla non aspettava che il pesce abboccasse, e scivolava via sulla corrente, e i due bambini dietro. Corri e corri, ad un certo punto un cane si mise a correre accanto a loro, abbaiando, come se volesse giocare.

– Via, via! – gridavano il bambino e la bambina. – Non possiamo giocare con te, adesso! Ci è scappata la palla nel fiume!

Allora il cane, come se avesse capito, si gettò in acqua e nuotando con lo stile a cagnolino arrivò vicino alla palla: e non la prese fra i denti, perché cosí l'avrebbe bucata, ma la spinse con testa e zampe, nuotando, finché la riportò a riva, dove i bambini la presero con molta gioia e accarezzarono il cane per ringraziarlo. Poi tornarono indietro lungo il fiume, e il cane li seguí, e loro non gli dicevano niente.

Quando arrivarono a casa, il cane era con loro. La mamma e il papà dissero:

– Dove l'avete trovato? Sapete che non vogliamo cani!

La bambina e il bambino raccontarono al papà e alla mamma del barcaiolo, e del pescatore, e come il cane li aveva aiutati: allora il papà e la mamma cambiarono idea, e il cane fu tenuto, e chiamato Pallina, perché era una cagnetta, e tutti furono contenti: anche la palla, perché quando i bambini non giocavano con lei, lei giocava con Pallina.

Il gomitolo girellone

C'era un grosso gomitolo di lana,
rotondo e bianco come luna piena,
che se ne andava in giro rotolando,
saltando e correndo e rimbalzando.
Un giorno vide un uomo poveraccio
che indossava soltanto uno straccio
e disse: – Amico, srotolami un po',
cosí ti potrai fare un paltò! –
Cosí, lasciando l'uomo ben al caldo
il nostro ripartí, tutto spavaldo,
e benché fosse un po' diminuito
aveva sempre cuore lieto e ardito.
Un altro giorno, arriva a una casetta
dove stava piangendo una vecchietta.
– Ma perché piangi? – le domanda lui.
Lei risponde: – Perché ho gli occhi bui,
e quando vado al pozzo, sempre inciampo,
e poi mi perdo quando vado al campo! –
Le dice il gomitolo: – Se prendi
un po' della mia lana, e poi la tendi
fra pozzo e casa e fra casa e campo,
puoi andare tranquilla, senza inciampo! –

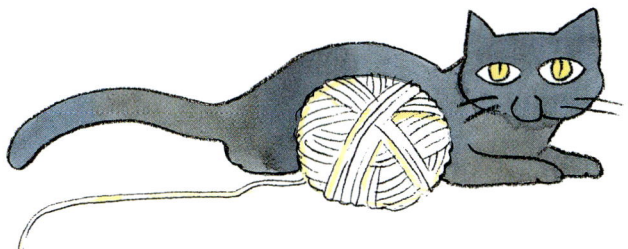

Cosí, lasciando quella in allegria,
riprese il nostro amico la sua via:
era un gomitolino ormai da poco,
però allegro, sempre pronto al gioco.
Rotola e gira e va, in una sera,
anzi, in una notte fonda e nera,
arriva a una foresta misteriosa,
ed entra in una grotta spaventosa:
e lí sente russare un brutto Orco,
coi peli in faccia e piedi da porco,
e in fondo alla grotta sente: – Bèèè... –
Si avvicina e sussurra: – Ehi, chi è? –
– Siamo cinquanta pecore impaurite!
L'Orco, ieri, ci ha tutte rapite,
e vuole farci arrosto domattina!
Allora il nostro amico si avvicina
all'Orco addormentato: molto in fretta
gli salta addosso, corre, piroletta,
con metà lana lega le caviglie,
strette e tese come delle briglie,
poi, ormai piccolissimo, gli passa
avanti e indietro sulla faccia grassa,
sul naso, per il collo e ancora, dopo,
ripassa svelto: svelto come un topo.

45

E l'Orco ora si sveglia, grida forte,
grida, si alza, spaventato a morte,
fa per correre via, ma quel legaccio
lo fa cadere, e batte un gran colpaccio
col suo brutto testone impelacchiato,
e resta lí, per sempre addormentato.
Cosí le pecorelle vanno fuori
e tornano felici dai pastori
e insieme a loro il gomitolino.
– Ora tu ci starai sempre vicino, –
gli dicono le pecore, – e fra un anno,
i pastori, vedrai, ci toseranno,
e poi, filando lana a piú non posso,
ti faranno tornare bello grosso! –
La storia del gomitolo è finita:
c'è chi l'ha raccontata, e chi sentita.

L'allegra carovana

C'era una volta un'automobile rossa che se ne andava per la strada liscia, un po' dritta, un po' curva, col vento che le accarezzava la carrozzeria.

Al volante dell'automobile c'era Luca, e fischiettava, e il vento del viaggio gli spettinava i capelli.

A un tratto, Luca vide un'auto verde ferma sul lato della strada, e seduta dentro una ragazza con la maglia viola.

– Che succede? – chiese Luca, dopo aver fermato la sua auto.

– La mia macchina è rotta, – rispose la ragazza.

Luca scese, legò l'auto verde alla rossa con una grossa corda, e disse:

– Partenza! – e le macchine partirono in carovana. Ma poco dopo, eccone una gialla ferma sulla

strada, e un vecchietto vestito di bianco le stava accanto.

– Che succede?

– La mia auto si è rotta!

Luca e la ragazza, che si chiamava Marina, scesero, legarono la macchina gialla a quella verde, e via per la strada, cantando.

Il motore dell'auto rossa, con quelle due da tirare, faceva un po' fatica: ma cos'è la vita, se non si sbuffa un po'?

Ed ecco un'auto azzurra, ferma anche quella, e accanto una signora vestita d'arancio.

– Che succede?

– La mia macchina è rotta!

Anche quella fu attaccata, e partenza, e via tutti e quattro cantando. E la cosa andò avanti cosí: dopo un'ora c'era una fila di sette macchine di diverso colore, che andavano piano piano, con sopra gente colorata che cantava: e il motore della macchina rossa sbuffava, ma che vita è senza un po' di fatica?

Ed ecco che la vispa carovana entrò in città: e loro non lo sapevano che era Carnevale, e c'era una gran gara di carri: quando la gente vide quella fila di macchine colorate, quei tipi canterini, batté le mani contenta e divertita: e Luca vinse un'enorme torta di frutta, e coi suoi nuovi amici se la mangiò tutta.

Il pastore di oche

C'era nell'antica Cina un pastore di oche, di nome Po Ve Lin. Con il suo branco di novantadue oche bianchissime, se ne andava per la campagna tranquillamente tutto il giorno, e alla sera, prima che il sole tramontasse dietro le montagne occidentali, le riportava nel recinto vicino alla sua capanna.

Un giorno, mentre le oche beccavano in un prato lungo la strada che portava a Pechino, passò a cavallo con il suo seguito un uomo ricco e arrogante, che si chiamava Ple Po Ten. Le oche di Po Ve Lin, al passaggio dei cavalli si spaventarono, e cominciarono a starnazzare e correre, aprendo e chiudendo le ali: QUA QUA QUA! QUA QUA QUA! Il cavallo di Ple Po Ten si spaventò ancor piú di loro, e s'impennò: e il ricco signore finí nella polvere.

Quando si rialzò, tutto arrabbiato, fece catturare

Po Ve Lin dalle guardie e lo portò al palazzo, e lo rinchiuse in cima a un'alta torre.

– Io non ho nessuna colpa, signore! – implorava il pastore, ma il potente non lo ascoltava, e Po Ve Lin piangeva, prigioniero nella torre.

Ma le oche, come si sa, conoscono la strada: ed ecco che tutte e novantadue, per i campi e per i boschi, arrivarono vicino al palazzo, sentirono il pianto di Po Ve Lin, e cominciarono a fare un gran baccano di QUA QUA QUA! QUA QUA QUA! Tutti si tappavano le orecchie. Uscirono guardie a cavallo per scacciare le oche, ma i cavalli s'imbizzarrivano e le guardie cadevano. Uscivano guardie a piedi, ma le oche scappavano nella boscaglia, e poi tornavano a fare QUA QUA QUA! QUA QUA QUA! E non la smise-

ro il giorno, e nemmeno la notte, tanto che Ple Po Ten non riuscí a chiudere occhio.

Prima del mattino, pallido e disperato, il signore si affacciò alla finestra della sua stanza e gridò:

– Liberate il pastore, che porti via questo baccano!

E Po Ve Lin fu liberato, e uscí dal palazzo, e le sue novantadue oche, dopo qualche QUA QUA di contentezza, si misero in fila dietro di lui, verso i bei pascoli d'erba tenera e verde.

Storia del ricco e del povero

C'era una volta un povero col bastone, e un ricco con la bilancia. Un giorno il povero disse al ricco:

– Ho fame, dammi qualcosa da mangiare.

– Cosa mi dai in cambio? – disse il ricco.

– Non ho niente da darti in cambio, – disse il povero.

– Non è vero: hai te. Se vuoi, ti darò del cibo, e quando te ne avrò dato quanto pesi, tu diventerai mio schiavo.

Il povero aveva una tale fame che accettò. Il ricco lo pesò:

– Pesi quarantasette chili. Ecco un chilo di cibo. Torna per altri quarantasette giorni, e avrai altrettanto.

Il povero, che non aveva le idee chiare per la fame, prese il cibo e lo divorò. Il giorno dopo tornò a prendere il secondo chilo, e cosí i giorni seguenti. Ma mano a mano che mangiava, e gli tornavano le forze, le idee gli si facevano piú chiare. «Che cosa ho fatto? – pensava. – Un uomo non è una cosa, non la si può comprare! Devo pensare a qualche rimedio...»

Quando fu il quarantasettesimo giorno, il ricco disse:

– Ecco, ti ho dato tanto cibo quanto pesi: ora sei mio schiavo.

Il povero allora gli disse quello che aveva pensato:

– Non è giusto comperare una persona: io lavorerò, e ti pagherò per quello che mi hai dato.

Ma il ricco disse:

– Un patto è un patto: tu pesi quarantasette, quarantasette ti ho dato: ora sei mio.

– Ma io non peso solo quarantasette chili! – disse il povero. Il ricco lo pesò, e vide che pesava sessantaquattro chili.

– Ti darò cibo per altri diciassette giorni, poi sarai mio schiavo, – disse il ricco. Ma dopo diciassette giorni, il povero pesava settantasette chili.

– Va bene, ti darò cibo per altri tredici giorni, poi sarai mio schiavo! – disse il ricco.

Dopo tredici giorni, il povero pesava ottantaquattro chili.

– Ti darò cibo per altri sette giorni, poi sarai mio.

Sette giorni dopo, il povero pesava sempre ottantaquattro chili, perché piú grasso non sapeva diventare: allora ci riprovò:

– Ascolta: ho lavorato, ho del denaro: ti posso pagare il cibo che mi hai dato, e anche di piú...

– No: un patto è un patto: ti ho dato tanti chili di cibo quanto pesi: ora sarai mio schiavo.

– Ma io peso di piú di ottantaquattro chili! – disse allora il povero.

– Ma come: guarda la bilancia! Pesi ottantaquattro chili esatti!

– È perché non hai pesato questo! – disse il povero, e prese il bastone che aveva appoggiato lí vicino, e cominciò a darlo sulla testa al ricco e lo fece scappare: e fece bene, perché un uomo non è una cosa, e non si può comprare.

L'omone in automobile

C'era un uomo con gli occhiali che guidava l'automobile: guida e guida, vide un omone che gli faceva segno di fermarsi: e siccome l'uomo con gli occhiali era gentile, si fermò.

– Buongiorno, – disse l'omone. – Mi può dare un passaggio?

– Prego, salga, – disse l'uomo con gli occhiali, aprendo la portiera.

L'altro mise dentro una gamba, ma quando provò a mettere il resto non ci riuscí, perché era troppo grosso.

– Mi spiace, non ci entro... – disse l'omone. – Grazie lo stesso.

– Ma no, aspetti! – disse il guidatore, e manovrando con leve spostò il sedile destro piú indietro. – Ecco, provi adesso.

L'omone mise una gamba, poi il sederone, e si abbassò per far entrare la testa: ma siccome la testa era grossa come un formaggio intero, non ci stava.

– La testa non entra, – disse l'omone, uscendo. – Grazie lo stesso.

– Aspetti, aspetti! – disse il guidatore, e trafficando con leve e maniglie aprí il tettuccio dell'automobile.

L'omone mise una gamba, il sederone, piegò la testa, la infilò nell'apertura del tetto: però l'altra gamba, che era rimasta fuori, proprio non ci stava.

– Eh, non riesco a entrare! – disse l'omone, muovendosi per scendere. – Grazie lo stesso.

– Ma no, aspetti! – disse il guidatore: scese, andò dall'altra parte, prese la gambona destra dell'omone, la piegò, la spinse, finché l'omone fu tutto dentro. Con un po' di fatica, chiuse lo sportello.

Poi il guidatore, contento, tornò al volante, accese il motore e partí. Stava per cominciare a chiacchierare, quando l'omone disse:

– Ecco, può fermarsi qui, grazie: sono arrivato.

Avevano percorso appena un centinaio di metri.

Il guidatore fece un sospiro. Fermò la macchina, spense il motore, scese, andò dall'altra parte, aprí lo sportello, prese la gambona destra, la tirò fuori, aiutò a far uscire il testone, il pancione, il sederone, e tutto l'omone fu fuori. Ma, all'ultimo momento, gli caddero gli occhiali, e l'omone, senza accorgersene, ci mise un piede sopra fracassandoli.

– E adesso come faccio? – disse il guidatore, sconsolato. – Senza occhiali, non vedo nemmeno una montagna!

– Sicuro? – disse l'omone sorridendo. – Me mi vede, o non mi vede?

Il guidatore guardò, e restò ad occhi aperti: non solo vedeva l'omone, ma anche le piante, l'automobile, la strada: persino gli uccelli in cielo.

– Che cos'è successo? – disse, e si voltò: e vide l'omone che se ne andava sorridendo, e salutava con la mano.

Allora chiuse la portiera, risalí in macchina, chiuse il tettuccio, spostò avanti il sedile destro, accese il motore e, senza occhiali, contento come una Pasqua, riprese il suo viaggio.

Il medico Me Di Cin

C'era una volta in Cina un medico famoso e saggio, di nome Me Di Cin, che si faceva pagare solo se il malato guariva, perché diceva: «Il lavoro del medico è far guarire, e se il malato non guarisce vuol dire che il medico non ha fatto il suo lavoro».

Me Di Cin, tuttavia, era cosí bravo, che quasi tutti i suoi pazienti guarivano.

Un giorno il giovane figlio dell'imperatore della Cina, che viveva chiuso nel palazzo imperiale, si ammalò: Me Di Cin fu chiamato, e lo visitò. Il giovane, che si chiamava Ma La Tin, era pallido e magro.

Alla fine della visita disse Me Di Cin:

– Io credo che tu abbia bisogno di stare all'aria aperta, principe Ma La Tin: ti occorrono lo spazio e la luce della campagna.

– Ma io non posso e non devo! –

disse il principe. – Il figlio dell'imperatore non può mescolarsi alla gente. Io devo restare nel palazzo: curami dunque con le tue erbe.

Il medico si inchinò. Ma il giorno dopo tornò, e disse:

– Principe, non posso darti le erbe che occorrono, perché non le ho trovate: ho trovato l'erba che ride, la pianta del singhiozzo e la pianta che saluta: ma l'erba per te non l'ho trovata.

– Com'è fatta l'erba che ride? – chiese incuriosito Ma La Tin. – E come sono le piante del singhiozzo e quelle del saluto?

– Non si possono descrivere, principe, – rispose il medico. – Ma cercherò ancora, e domani ti curerò con le erbe.

Il giorno dopo, tornò.

– Sono addolorato e spiacente, principe, ma per quanto io abbia cercato, non ho trovato l'erba per te: c'erano solo le rose che saltano, le ortiche canterine, e l'arnica narratrice...

– La rosa che salta? L'ortica canterina? L'arnica narratrice? Come sono? Parlamene, Me Di Cin! – disse il principe malato.

– Ah, non si possono descrivere, mio signore! – rispose il medico. – Cercherò ancora, e domani porterò l'erba per la tua cura.

Ma il giorno dopo, quando tornò, Me Di Cin disse di aver trovato solo la menta mentitrice, il timo timido e la salvia salvatrice: tutte

erbe che non si potevano descrivere, ma solo guardare.

Il principe disse:

– Me Di Cin, sono troppo curioso delle erbe che tu hai visto: posso venire domattina con te, per vedere come sono?

Il medico si inchinò, e il mattino dopo, al canto del gallo, Me Di Cin e Ma La Tin uscirono nella campagna: e non trovarono le erbe che il medico aveva detto, ma altre, belle e semplici e fresche: e videro saltare ranocchie, pesci nuotare, anatre volare: e annusarono fiori, ammirarono insetti: il principe era cosí contento e interessato che guarí in quella sola mattinata: e ogni giorno, fin quando fu imperatore, andò con Me Di Cin a girare per la campagna.

Il tamburo di Gavino

C'era in Sardegna un pastore di nome Gavino, che andava per le montagne con le sue pecore, sotto il sole e sotto la luna.

Un giorno incontrò un uomo che cavalcava un asino, e aveva la faccia piena di rughe.

– Facciamo un po' di strada insieme? – disse il vecchio.

Gavino accettò, e si misero in marcia. Cammina cammina, l'uomo picchiava l'asino, anche se l'asino camminava come doveva.

– Perché picchi il tuo asino? – chiese Gavino.

– Perché ha la testa grossa, – rispose l'uomo.

– È una brava bestia, – disse Gavino, e poi restò zitto, perché non erano affari suoi. Ma, cammina cammina, quello continuava a dare bastonate alla bestia.

– Perché lo batti ancora?

– Perché ha la testa dura, – disse l'uomo rugoso.

– Ma non tanto dura da non sentire dolore, – disse Gavino, e poi restò in silenzio, perché non erano fatti suoi.

Cammina cammina, l'uomo continuava a picchiare.

– Perché lo fai? – disse Gavino.

– Perché mi piace, – disse l'uomo.

Allora Gavino disse:

– Non voglio piú stare accanto a te: vattene per la tua strada, e cerca di non venirmi piú incontro, perché se ti rivedrò ti prenderò a sassate.

Il vecchio rugoso, a quelle parole, rise forte: e di colpo il viso gli diventò liscio, e gli occhi chiari, e disse:

– Bravo, Gavino! Cosí si dice e si fa! Io sono un mago, e ti ho voluto mettere alla prova, e tu hai dimostrato di avere piú buon cuore che discrezione. Prendi l'asino, è tuo: ti aiuterà nel lavoro. E quando

sarà morto, fatti un tamburo con la sua pelle. Quando avrai dolore picchiaci sopra: qualcosa accadrà.

Poi il vecchio, che non era tanto vecchio, se ne andò, e lasciò l'asino a Gavino. Per dieci anni la bestia aiutò il pastore senza prendere una bastonata, poi morí, e Gavino si fece un piccolo tamburo con la sua pelle, e lo portava sempre legato alla cintura.

Un giorno, inseguendo un agnello, si stortò una caviglia. Piangendo di dolore si fermò, poi ricordò la faccenda del tamburo: lo prese, e gli diede un colpo leggero: il dolore leggermente si alleggerí. Diede un altro colpo, e il dolore diminuí ancora. Un terzo colpo, e il dolore sparí.

Cosí seppe che davvero era un tamburo incantato, e lo usò per tutta la vita, quando ebbe qualche dolore. Però non ci picchiava mai troppo forte: un po' per non spaventare il silenzio, un po' perché era la pelle del suo amico asino.

Il melo e il bambino

Un bambino vide una bella mela pendere dal ramo di un albero. Si alzò sulla punta dei piedi, tese il braccio, allungò le dita: ma la mela era troppo in alto.

– Melo, per favore, abbassa un po' il ramo, – disse il bambino. – Cosí posso prendere la mela.

Il melo rispose:

– Pazienza, piccolo: l'anno prossimo ci riuscirai.

Passò un anno. Il bambino, che era un po' cresciuto, vide una mela nuova pendere in cima a un ramo. Si alzò sulla punta dei piedi, tese la mano: ma la mela era piú su.

– Avevi detto che quest'anno ci sarei arrivato, melo! – disse il bambino.

– È perché sono cresciuto anch'io, – disse il melo.

– Ma gli alberi crescono meno in fretta dei bambini: vedrai, fra un anno ci riuscirai!

L'anno passò: il bambino era un po' piú alto. Lassú c'era una bella mela gialla e rossa, piú bella di quelle degli altri anni. Il bambino si allungò, tese il braccio e le dita: era troppo in alto, ancora.

– Avevi detto che saresti cresciuto meno di me! – disse al melo.

– Infatti, sono cresciuto di meno: ma ho fatto crescere la mela sul ramo piú alto! – rispose il melo, ridendo.

L'anno dopo, un po' cresciuto, il bambino vide una mela ancora piú bella: cosí in alto che nemmeno con la scala ci sarebbe arrivato. Ma lui non prese la scala, non si alzò in punta di piedi, non allungò nemmeno il braccio: si mise solo a guardare le formiche sulla corteccia del tronco.

– Come, non vuoi la mela? – disse il melo.

– Non mi piacciono piú.

– Davvero? Ma non sai come sono dolci, saporite, profumate?

– Le mele non mi interessano, – disse il bambino. – Preferisco le formiche.

Allora il melo, per fargli sentire il profumo della mela, abbassò il ramo fin sopra la sua testa.

– Non senti che delizia? – diceva.

Il bambino, sveltissimo, alzò la mano e la prese.

– Mi hai ingannato! – disse il melo. – Mi hai ingannato!

– Come hai fatto tu le altre volte! – disse il bambino. – Però quest'anno mi è cresciuta la furbizia!

E se ne andò allegro, mangiando la mela, che era proprio dolce e buona come l'aveva immaginata.

L'imbianchino

Un uomo chiamò un imbianchino e disse:
– Vedi il soffitto?
– Certo che lo vedo, – disse l'imbianchino.
– Dipingilo d'azzurro.
L'imbianchino prese della vernice azzurra e dipinse il soffitto.
– Va bene, cosí? – domandò.
– No, non va bene, – disse l'uomo. – Questo azzurro non mi piace... Vorrei un azzurro davvero azzurro, capisci?
– Proverò, – disse l'imbianchino, con pazienza, e preparò una vernice azzurro brillante, e ridipinse il soffitto.
– Va bene, ora?
– No, non va bene... Io volevo un azzurro... un azzurro come quello del cielo, hai capito?
– Ho capito, – disse l'imbianchino, e preparò una vernice colore azzurro-cielo, e dipinse il soffitto una terza volta.
– Cosí va bene? – chiese alla fine.
– Non tanto, – disse l'uomo. – L'azzurro va bene, ma non ci sono le nuvole, gli uccelli...

L'imbianchino, che era anche un po' pittore, prese vernici di vari colori, pennelli piccoli, e dipinse sul soffitto le nuvole e gli uccelli in volo. Poi disse:

– Va bene, adesso?

– Non lo so... Non mi pare... – rispose l'uomo. – C'è qualcosa che non va: le nuvole sono troppo ferme, e gli uccelli non si muovono...

L'imbianchino, che era anche un po' muratore, prese gli strumenti, e cominciò a levare il soffitto, e il tetto della casa.

– Cosa fai? – chiese l'uomo.

– Aspetta, e vedrai, – rispose l'imbianchino.

E schioda, scardina, strappa, sega, scalza: in poco tempo il tetto fu levato, e sopra si vedevano l'azzurro del cielo, le nuvole in movimento e gli uccelli in volo.

– Va bene cosí? – chiese l'imbianchino.

– Sí, va bene... Che belle nuvole! Quanti uccelli! È proprio il soffitto che volevo... Però...

– Però?

– Però, quando pioverà, come farò? – disse l'uomo.

– Ecco qua, – disse l'imbianchino, che era anche un po' ombrellaio, e gli diede un bellissimo ombrello azzurro: azzurro come il cielo, come l'acqua, come il mare quando è azzurro.

Il bel vestito

Un signore aveva due figliole. A pranzo la minore, che gli voleva bene, diceva:

– Mangi troppo, papà. Poi ti gonfi la pancia, dormi male, ti brucia lo stomaco!

L'altra figliola, che voleva far morire il padre d'indigestione per ereditare le sue ricchezze, versava vino e metteva sugo sull'arrosto, dicendo:

– Mangia, papà: quel che non ammazza ingrassa!

Il padre, goloso com'era, nonostante sentisse la pancia gonfia, dormisse male, e gli bruciasse lo stomaco, credeva che a volergli bene di piú fosse la figlia che lo faceva mangiare di piú.

Un giorno, in un banchetto, la minore disse per la millesima volta:

– Mangia meno, papà: poi ti gira la testa!

E l'altra:

– Mangia, mangia, papino: quel che piace non può far male!

Il padre, ubriaco, disse alla figlia minore:

– Tu non mi vuoi bene! Vattene in giardino, e non uscirne mai piú!

E la figliola fu rinchiusa nella parte interna del palazzo, dove c'era il giardino, e non poteva piú uscire, e passava il tempo fra farfalle e fiori.

Passò un re che cercava moglie, e annunciò:

– Visiterò ogni casa: la dama col vestito piú bello sarà mia sposa!

Tutte le donne giovani della città fecero a gara per farsi il vestito piú bello: e quella che lo fece piú bello di tutte fu la figlia maggiore del ghiottone.

Venne il re, la vide e disse:

– Questo è il vestito piú bello: tu sarai regina.

Entrò nel palazzo dove il padre, ormai cosí grasso da non potersi piú alzare dalla poltrona, gli fece bella accoglienza: ed ecco, mentre il re beveva il tè con la nuova fidanzata, si affacciò alla finestra sul giardino, e cosa vide? Vide la figlia prigioniera che stava nel prato, con una veste bianca: ma sulla veste si erano posate, per amicizia, cento farfalle di ogni colore: rosse, azzurre, gialle, screziate, sfumate, e tutte muovevano le ali, tanto che il vestito sembrava vivo.

– Mi sono sbagliato, – disse il re. – Il vestito piú bello è quello –. Fece chiamare la ragazza, si presentò, e le chiese di essere sua sposa.

– Accetto, se farai curare il mio grasso papà e gli ordinerai di mangiare di meno, – disse la ragazza.

Cosí fu fatto: il padre dimagrí di quaranta chili e la figlia minore sposò il re, mentre la maggiore diventò gialla per l'invidia e la cattiva digestione.

La brutta e la bella

Due sorelle giovani vivevano in una piccola casa in riva al mare. Erano tutte e due belle, però non lo sapevano, perché non si erano mai guardate allo specchio.

Un giorno passò una nave con vele azzurre lungo la costa, e dalla nave gridarono:

– Venite al porto, questa sera! Ci saranno danze e baci! Venite al porto, belle ragazze!

Le due sorelle dissero:

– Ma noi siamo belle? Andiamo a specchiarci nel pozzo!

Partirono di corsa, e arrivò prima quella che si chiamava Aldina. Guardò nell'acqua ferma, e vide che la sua faccia era meno bella di quella della sorella, che si chiamava Dora. Allora, prima che Dora arrivasse, buttò un sasso nel pozzo: l'acqua si mosse tutta, Dora si vide la faccia storta, e disse:

– Come sono brutta!

– Eh, già, poverella, – disse Aldina.

Poi, mentre Dora se ne andava, triste, Aldina gettò nel pozzo del nero di seppia, per annerire l'acqua.

Cosí quella sera al porto ci andò lei sola, e fece danze, e il capitano della nave dalle vele azzurre le disse:

– Come sei bella! Torna domani, e ci sposiamo!

Quando Aldina tornò a casa, disse:

– Io ero la piú bella del porto: il capitano domani mi sposa.

– Verrò anch'io, per festeggiare le nozze! – disse Dora, contenta.

– Ah no! – disse Aldina. – Non ti ricordi cos'hai visto nel pozzo? Se il capitano vede che ho una sorella cosí brutta, non mi vorrà piú!

– Già... – disse Dora, tristemente. – Non verrò.

Il mattino dopo, Aldina si lavò nel mare, mise la camicia rosa, gonfia alle maniche, con nastri di seta nei capelli.

– Hai visto, Aldina? – disse Dora mentre le legava i nastri. – L'acqua del pozzo è tutta nera.

– Sarà stato un uccello di passo, – disse Aldina. – Non ci badare, poco a poco si pulirà.

Poi se ne andò al porto, e Dora prese un secchio, e camminò lungo la spiaggia, fino alla casa di un vecchio pescatore.

– Papà Martino, – disse. – Il nostro pozzo è sporco: posso prendere un po' d'acqua dal tuo?

– Ma certo, Dora! – disse il vecchio, e lei buttò il secchio, e lo sollevò, e lo mise per terra: ma quando si chinò per metterlo sulla testa, vide una faccia bellissima.

Allora chiese al vecchio pescatore:

– Compare Martino, chi è piú bella: io o mia sorella?

– Tu! – disse Martino. – Com'è vero che il mare è bagnato!

Allora Dora capí l'inganno dell'acqua mossa, e dell'acqua buia, e perché Aldina non voleva portarla alle nozze. Cosí andò dritta al porto, senza camicia o nastri, e quando il capitano la vide si innamorò di lei, e la portò via sulla nave dalle vele azzurre, mentre Aldina restò vicino al pozzo d'acqua nera, imbruttendo di rabbia, e ancora oggi ci sta.

Ulisse e Nettuno

Ulisse, sulla sua barca a vela, dopo aver tanto navigato, stanco di onde, stanco di pesci, stanco di sale, voleva tornare a casa: ma non soffiava un filo di vento: la barca era ferma in mezzo al mare.

A un tratto le onde si mossero e uscí la testa bianca di Nettuno, il dio del mare. – Che fai, Ulisse? – chiese.

– Aspetto il vento, e mi annoio, – rispose Ulisse.

– Mi annoio anch'io, – disse Nettuno. – Facciamo una gara: tu con la barca, io a nuoto.

– A remi? – disse Ulisse. – Non ce la posso fare, contro di te!

– No, con un po' di vento, – disse Nettuno. – Vediamo chi arriva prima a quell'isolotto.

– Se vinco, cosa avrò? – chiese Ulisse.

– Vento sicuro fino a casa. Ma, se perdi, resterai sempre in mare. Accetti?

Ulisse pensò un poco, poi disse:

– Accetto: dammi un po' di vento.

Nettuno allora soffiò in una conchiglia e chiamò Noto, un venticello che dormiva su un'isola poco lontana.

– Mettiti dietro la barca di Ulisse e soffia un pochino, – disse Nettuno. – Soffia leggero come di solito fai: quanto basta perché la barca vada.

– Obbedisco, padre, – disse Noto, e cominciò a soffiare leggero sulla vela di Ulisse, che si tese, mentre la prua cominciava a tagliare l'acqua marina.

– Via! – gridò Nettuno, e cominciò a nuotare con gran potenza, mentre Ulisse, manovrando vela e timone, sfruttava il venticello. Ulisse era un bravissimo marinaio: ma Nettuno, con le lunghe braccia e gambe, fuggiva avanti nell'acqua.

– Soffia un po' di piú, Noto, per favore! – diceva Ulisse al vento.

– Non posso, Ulisse, – diceva Noto. – Non posso disobbedire a Nettuno: vuoi che mi rinchiuda per punizione in un vaso, come ha fatto l'altro giorno col mio fratello Maestrale, che gli aveva disobbedito?

– Eh già, non puoi disobbedire: devi restare sempre dietro la barca, ricorda! – disse Ulisse, e prese dal fondo della barca un sacchetto di pepe di Rodi, e lo lanciò nell'aria.

– EEEEEEETCIUUUM! – starnutí Noto, mandando un potentissimo soffio sulla vela: la barca balzò avanti, raggiungendo Nettuno.

Ulisse buttò altro pepe.

– EEEEEETCIUUUM! – starnutí Noto, gonfiando la vela, e la barca filava tre volte piú veloce di prima.

Con sette manciate di pepe, Ulisse arrivò all'isolotto, e aspettò Nettuno.

– Come hai fatto ad arrivare cosí presto, con cosí poco vento? – chiese il dio, corrugando la fronte. – Forse Noto mi ha disobbedito?

– No, certo, – disse Ulisse. – Ma vedi, si è messo a fare starnuti... Deve aver preso il raffreddore, la scorsa notte!

Nettuno, che forse sapeva cos'era accaduto, o forse non lo sapeva, scoppiò a ridere: e diede ordine ai venti che spingessero la barca di Ulisse fino a Itaca, l'isola dove era la sua casa.

La ballerina sgarbata

C'era una ballerina molto brava che si allenava, si allenava, perché voleva girare sulla punta del suo piede come nessun'altra ballerina al mondo.

Un giorno era sul terrazzo ad allenarsi, e qualcuno bussò alla porta, di sotto: toc toc!

Lei si affacciò sbuffando:

– Chi è?

– Sono un vecchietto senza denti e senza denaro, – disse una voce incerta. – Hai un po' di mollica senza crosta per me?

– Torna domani, ho da fare!

– Ma fino a domani, cosa mangerò?

– Mangiati l'aria, che è molle!

E la ballerina tornò a girare sulla punta del piede. Il giorno dopo: toc toc.

– Uffa, chi è?

– Il vecchietto senza denti e senza denaro: ho masticato l'aria, che è molle, ma la fame non toglie: non hai un po' di mollica di pane per me?

– Torna domani, non ho tempo!

– Ma fino a domani, cosa mangerò?

– Mangiati le parole, che sono tante!

E la ballerina tornò a girare sulla punta del piede.

Il giorno dopo: toc toc.

– Insomma, chi è?

– Il vecchietto senza denti e senza denaro: ho masticato le parole: sono tante, ma per la fame non contan niente. Non hai un po' di mollica senza crosta da darmi?

La ballerina, furiosa, prese un vaso di fiori e glielo tirò addosso, gridando:

– Mastica questo, vecchio scocciatore!

Il vaso volò, e per poco non cadde in testa al vecchietto, che guardò su e disse:

– *Non si schiaccia nemmeno un ragno,*
cosí avrai il tuo guadagno:
per i miei sette poteri
troppo si avverino i tuoi desideri.

E cosa accadde? Accadde che la ballerina, girando sulla punta del piede, non poteva piú fermarsi: girava, girava come una trottola, senza fine: e non serviva piangere, gridare, pregare, cercare di fermarsi: continuava a girare, tanto che la punta del piede cominciò a fare un buco nel terrazzo.

Dopo una settimana: toc toc.

– Chi è? – chiese con voce debole la ballerina, che aveva scavato un buco col piede fino alla caviglia.

– Sono quello che non si schiaccia.

– Fermami, per favore! Ti darò mollica senza crosta!

– Grazie, qualcun altro me l'ha già data.

– Fermami! Sono stata cattiva! Sarò gentile!

Allora il vecchio fece un fischio senza denti, e la ballerina sul terrazzo si fermò, e cadde seduta: ma la testa le girava, le girava, e non poteva piú fare la ballerina. Diventò gentile, e costruí trottole: trottole cosí carine che piacevano ai bambini e alle bambine.

Anciuk e Jasa

Nella fredda Finlandia viveva il pescatore Anciuk con la giovane sposa Jasa, in una casetta di legno vicino a un lago. Anciuk pescava dalla riva, e Jasa cucinava il pesce con erbe profumate e bacche del bosco.

Venne un inverno molto freddo: il piú freddo mai veduto. La terra si coprí di neve e di ghiaccio.

Un giorno Anciuk tornò a casa battendosi la testa con i pugni in segno di disperazione.

– Che succede, Anciuk? – chiese Jasa.

– Succede che siamo perduti!

– Perché?

– Perché il lago è tutto ghiacciato, e non posso piú pescare!

– Se il lago è ghiacciato, forse il fiume non lo è, – disse lei. – L'acqua che corre ghiaccia difficilmente.

Anciuk andò a vedere: il fiume non era ghiacciato. Allora gettò la lenza e prese qualche pesce. Ma dopo qualche giorno eccolo di nuovo a casa, a picchiarsi i pugni sulla testa.

– Siamo perduti, Jasa!

– Perché, Anciuk?

– Anche il fiume si è ghiacciato, e non posso piú pescare!

In silenzio, Jasa si caricò le braccia di legna, e si avviò alla porta.

– Dove vai, Jasa?

– Ad accendere un fuoco, Anciuk.

– E perché lo accendi fuori? Il fuoco si accende in casa, per non sprecare il calore!

– Invece, qualche volta, è meglio accenderlo fuori, – disse Jasa, e uscí.

Anciuk la seguí brontolando. Lei arrivò sulla riva del lago ghiacciato, si incamminò per una decina di passi e mise la legna sul ghiaccio.

– Come sei sciocca! –
disse Anciuk. – Vuoi ac-
cendere il fuoco proprio
nel posto piú freddo!

Lei, in silenzio, picchiò
la pietra focaia e accese i
rametti secchi, poi i pezzi
di legna piú grossi. Appena il fuoco fu grande, il
ghiaccio attorno si sciolse, e presto fu cosí sottile
che con un bastone ci si
poteva fare un buco.

– Anciuk! Porta lenza,
amo e coltello, – disse Jasa.
– Con amo e lenza pesche-
rai, e col coltello terrai aperto il buco nel ghiaccio.

Cosí fece Anciuk, e dal buco tirava fuori ogni
giorno qualche pesce: e non mancò cibo fino alla
primavera, quando si sciolse il ghiaccio, e nella foresta spuntarono erba e fiori, e bacche profumate.

Nella notte scura

Erano tempi antichi, ma non troppo: piú di cento anni fa.

Nella notte scura, molto scura, camminava una figura: che figura era? Non si vedeva. Le scarpe cigolavano: cii, cii, i tacchi battevano: toc, toc, toc, e si sentiva rumore di qualche ferraglia, come di coltellacci o catene alla cintura.

Nel cielo non c'erano stelle né luna. I gatti scappavano miagolando, col pelo dritto di spavento. I cani si rintanavano uggiolanti nel buio dei cortili. Persino i pipistrelli volavano via con le loro ali silenziose.

Ma cos'era quella figura? Di chi era? Non si sa, perché il buio era fitto. Forse un ladro che andava a rubare? Forse un rapitore che andava a rapire? Forse un assassino che andava ad ammazzare? Chissà: non si vedeva, in quel buio.

Cii, cii, cii, facevano le scarpe. Toc, toc, toc, facevano i tacchi. E si sentiva anche, nel buio, il suo respiro: soffi lunghi, un po' affannati.

Poi si fermò vicino a qualcosa. Era un lampione spento? Forse era un lampione, forse no: non si vedeva bene in quel buio cupo. Le scarpe smisero di fare cii, cii, e i tacchi di fare toc, toc. La figura aprí il grande mantello nero: tolse una cosa lunga, dritta, sottile. Cos'era? Una lancia appuntita? Una spada tagliente? Chissà: era tanto buio che non si poteva vedere.

Ed ecco, si vide una scintilla, poi un'altra. Cosa faceva? Forse accendeva la miccia di una bomba? Forse si preparava ad incendiare una casa? In quel buio non si vedeva.

Poi apparve una fiammella, proprio in cima al lungo bastone: e la fiammella salí verso l'alto. Che voleva fare? Arrostire un pipistrello? Bruciare una soffitta?

Ed ecco, anche sulla cima del lampione, s'accese una fiamma, e subito un po' della strada si illuminò: e la figura scura, di sotto, era un po' meno scura, e le nacque accanto un'ombra, sulle pietre della strada, a farle compagnia. E poco dopo, si accese un altro lampione, un po' piú avanti: e la strada si illuminava un po' alla volta, e si vedeva come una luce d'oro, e qualche bianco dei fiori nei giardini. E qualche finestra si illuminava; qualche altra si apriva, e alla luce dei lampioni cominciarono a girellare cani, e dei gatti sui tetti, e in aria le farfalle notturne. Altre finestre si aprirono, si accesero candele dietro i vetri, lampade colorate. E poi in cielo apparvero le stelle, e dietro un tetto spuntò la luna quasi piena. La notte, sopra e sotto, era piena di piccole luci.

Il lampionaio, piano piano, cii cii cii, toc toc toc, continuava il suo cammino, e non faceva piú paura a nessuno.

Il pranzo dell'avaro

C'era un uomo molto avaro: non spendeva mai niente per sé e tanto meno per gli altri.

Un giorno disse agli amici:

– Venite tutti a cena da me, questa sera!

Gli amici, conoscendo la sua avarizia, si guardarono in faccia, poi dissero:

– Forse ci siamo sbagliati... Forse è diventato generoso...

Cosí, quella sera, tutti andarono da lui: ma appena entrati lo videro in piedi in una stanza vuota.

– E dove sono le cose da mangiare? – chiese uno.

– Quelle dovete portarle voi, – disse l'avaro tranquillamente. – Io ho avuto l'idea, che è la cosa piú importante!

Allora gli amici andarono a prendere cibi e bevande a casa loro, e tornarono: ma non sapevano dove appoggiarli.

– Dove sono piatti e vassoi? – chiesero.

– Io ho avuto l'idea, che è la cosa principale, – disse l'avaro. – Le stoviglie, mettetele voi.

Andarono a prendere piatti, posate e vassoi, e tornarono.

– Dove sono tovaglia e tovaglioli?

– Io ho avuto l'idea, che è piú importante di tovaglie e tovaglioli: portate i vostri, – disse l'avaro.

E cosí andarono alle loro case a prendere tovaglie e tovaglioli.

– Ma adesso, dove li appoggiamo? Qui non c'è il tavolo!

– Chi ha avuto l'idea della cena? Io! Il tavolo mettetelo voi!

Fu portato un bel tavolo, dalla casa dell'amico più vicino, e sopra misero la tovaglia, i tovaglioli, i piatti, i vassoi, le posate, i cibi, e il resto.

– Ma dove ci sediamo? Qui mancano le sedie.

– L'idea è stata mia: le sedie spettano a voi!

Alcuni uscirono, e tornarono con le sedie, e anche una sedia grande.

Poi sistemarono le sedie attorno al tavolo e si allacciarono al collo i tovaglioli. L'avaro, seduto sulla sedia grande, si preparò contento alla scorpacciata.

Ma proprio prima di cominciare, quattro amici lo presero e lo appesero a un gancio della parete con la sedia.

– Cosa fate? Tiratemi giú! Devo cenare con voi!

– Oh no! – risposero gli amici, ridendo. – Tu hai avuto l'idea, che è la cosa più importante: per questo te ne starai lí in alto, a goderti il risultato!

E mentre lui scalciava e perdeva saliva, loro mangiarono e bevvero, e alla fine portarono via avanzi, stoviglie, tovaglia e tovaglioli, tavolo e sedie, e anche quella grande, e lasciarono solo una buccia di pera e una crosta di pane: una la prese un topo, l'altra la mangiò il cane.

Il brigante Caciocavallo

C'era sui monti di Cala-
bria un brigante di nome
Caciocavallo: alto due metri, largo e duro come un
macigno, con la voce caverno-
sa e un odore da far spavento. Però era buono, non
faceva male a nessuno.

Ma perché tutti scappavano davanti a lui? Perché
lo chiamavano brigante? Perché era grosso e cosí
puzzolente. Appena lui diceva «Buonasera», tutti
scappavano via piú veloci di capretti a primavera.

Un giorno passò da quelle parti la fata Caseina, in
groppa a un montone bruno. Caciocavallo uscí da
dietro un tronco di quercia e cominciò a dire:

– Buongiorno, signora...

La fata era una fata, e non aveva paura: ma il naso
ce l'aveva. Anche il montone per poco non ruzzolò
per la scarpata.

– Bubbole, che pestilenza! – gridò la fata Caseina. – Sta' lontano da me, sai?

– Oh, anche tu... – piagnucolò Caciocavallo.

Ma Caseina aveva il cuore gentile. Da una certa

distanza cominciò a parlare con lui, e cosí conobbe tutta la sua solitudine. Alla fine gli disse:

– Se accetti di fare un bagno, ti aiuterò.

– Un bagno? E cos'è? – disse Caciocavallo.

– Vieni con me, e vedrai, – lei rispose, e lo accompagnò, standogli un po' a distanza, sulla cima del monte, dove c'era un laghetto di acqua calda e fumante. Lí, dopo un po' di incertezze, Caciocavallo si immerse: ci stette per un giorno e una notte: e si trovò bene, cantando alle stelle e sfregandosi con la pietra pomice che Caseina gli aveva dato.

Quando uscí dal laghetto, non dico che fosse bello, ma almeno sapeva di uomo.

– Adesso vieni con me, – disse la fata: e giú di corsa per la montagna, con dietro Caciocavallo a grandi passi. Arrivarono ad un pascolo, dove c'era un gregge. Caseina scese dal montone e portò Caciocavallo vicino alla piú grossa delle pecore, e gli inse-

gnò a mungere. Poi, con il latte di dieci pecore, in una grotta lí vicino, gli insegnò a fare i formaggi.

Caciocavallo, che non aveva mai fatto niente di simile, imparava con molta passione e pazienza. Alla fine, fu capace di fare molti tipi di formaggi saporiti. La fata disse:

– Dirò a tutti che qui sul monte c'è un formaggiaio: verranno a portarti il latte, e tu lavorerai. Ma ricordati di salire sul monte una volta al mese, a fare un bagno!

Cosí avvenne: dalle valli venivano a portare il latte e a prendere i formaggi di Caciocavallo, i piú saporiti che mai si fossero mangiati.

Il Geografo di pietra

C'era in un parco di Zurigo il monumento di uno studioso di geografia: un busto di pietra che portava sulle mani un mappamondo, anche quello di pietra. La faccia del busto sorrideva, guardando il mappamondo.

Ma una notte, un gruppo di ragazzi che non conosceva dei giochi piú belli, pensò di rubare il mappamondo della statua. Si arrampicarono sul busto, spinsero, tirarono e scrollarono, finché il mappamondo di pietra rotolò giú, nell'erba del parco. Allora i ragazzi se ne andarono senza nemmeno prendere il mappamondo, perché era troppo pesante.

Il mappamondo di pietra restò lí nell'erba, e intanto le mani del Geografo erano vuote. Lui le guardava fisso, in silenzio, e non subito, naturalmente, perché la pietra cambia lentamente: ma piano piano il sorriso si trasformò in tristezza.

Venne primavera. Il mappamondo era ancora lí, e

l'erba gli cresceva attorno. Le mani del Geografo erano vuote. Passarono due rondini in cerca di un posto per fare il nido, videro le mani e chiesero:

– Possiamo fare il nostro nido qui?

Il Geografo non disse niente, perché era di pietra, ma i suoi occhi erano d'accordo. Cosí le rondini portarono fili d'erba, pagliuzze e terra, e fecero il nido, e poi furono posate due piccole uova, e presto nacquero due rondinini, che strillavano tutto il giorno. Il Geografo li guardava in silenzio, contento, mentre le due rondini grandi andavano e tornavano dal cielo, con il cibo.

Presto i due piccoli impararono a volare, e cominciarono a staccarsi dal nido, e tornavano solo alla sera: e il Geografo li aspettava.

99

Poi venne autunno: le rondini dovevano partire. Ma prima di volare via, portarono tutte e quattro nel nido altra terra, e vi lasciarono cadere alcuni semi.

Durante l'inverno, il Geografo di pietra guardava le sue mani piene di terra scura addormentata, e pensava, e quando tornò la primavera, dalla terra delle mani nacque un cespuglio di fiori cosí belli, che tutta la gente si fermava a guardare. I bambini salivano sul mappamondo caduto, che ormai sembrava un sasso del prato, per vederli meglio: e nessuno, nemmeno i piú sciocchi, pensarono di andarli a prendere, e il Geografo di pietra li guardava, li guardava, ed era felice.

Gianni e il principe

C'era una volta Gianni, che sapeva travestirsi cosí in fretta e cosí bene, che era una meraviglia. Andava in giro con una piccola valigia, dove c'erano vestiti, divise, oggetti, trucchi, e cosí via.

Un giorno passeggiava per il Parco dei Principi, quando incontrò un gran signore, e senza volere gli urtò il ginocchio con lo spigolo della valigia.

– Screanzato villano! – gridò quello. – Tu non sai chi sono io! Io sono il Principe Ugotto dei Furibondi, e ti farò arrestare per leso ginocchio!

– Ti chiedo mille volte scusa, Principe! – disse Gianni. – Ma nemmeno tu sai chi sono io!

– E chi saresti, tu? – disse quello. – Sei un tipo con la valigia, che non bada a dove va!

– Forse… – disse Gianni, e sparí svelto dietro un cespuglio.

– Fermo! – gridò Ugotto dei Furibondi. – Ti devo fare arrestare! Fermatelo!

Da dietro il cespuglio uscí una guardia coi baffi.

– Che accade, signore? – disse. – Oh, ma lei è il signor Principe dei Furibondi! Perché grida e s'indigna, Eccellenza?

– C'è un tizio con una valigia… Era qui poco fa, e mi ha urtato il ginocchio!

– Disgraziato! – disse la guardia. – Ora lo inseguo io: ma lei, Principe, dovrebbe farsi vedere quel ginocchio, nel caso fosse rotto!

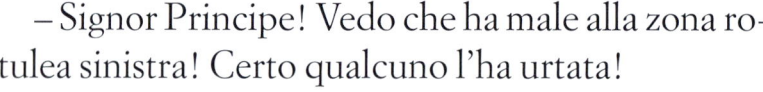

E cosí detto, la guardia sparí dietro il cespuglio. Il Principe stava lí a tastarsi il ginocchio, quando ecco un medico in camice bianco e barba lunga:

– Signor Principe! Vedo che ha male alla zona rotulea sinistra! Certo qualcuno l'ha urtata!

– Esattamente! – disse Ugotto dei Furibondi. – Come fa a saperlo?

– Occhio clinico, signor Principe, – disse il medico con aria modesta, e cominciò a tastare il ginocchio. – Comunque, niente di rotto… Beh, devo andare all'ospedale, adesso!

E sparí dietro il cespuglio. Il Principe era ancora sorpreso da quella visita, quando riapparve Gianni con la sua valigia.

– Eccoti qui! Ti tengo! – gridò Ugotto dei Furibondi, acchiappandolo per la giacca.

– E perché mi prendi solo adesso? – disse Gianni.

– Come, adesso? Prima eri scappato!

– Ma poi sono stato qui due volte: la prima volta avresti potuto prendermi per i baffi, e la seconda volta per la barba!

E Gianni tolse svelto dalla valigia i baffi della guardia e la barba del medico.

– Eri tu quello, e anche quell'altro! – disse il Principe a bocca aperta.

– Visto, che nemmeno tu sai chi sono? – disse Gianni.

Allora Ugotto dei Furibondi scoppiò a ridere, e lo invitò al suo palazzo, e bevvero insieme lo champagne, che ha mille e mille bollicine.

I falegnami

Un uomo, una donna e due bambini vivevano nella foresta di Queldí. La loro casetta era bella di fuori ma ancor piú bella di dentro, perché l'uomo, la donna, e anche i due bambini erano tutti falegnami, e costruivano i piú bei mobili del mondo: lettini, tavoli, sedie, armadi, cassettoni, sgabelli, bauli, e cosí via.

Un brutto giorno venne ad abitare in un castello lí vicino l'orco Capione, prepotente e con le zanne. Capione girava nella campagna, entrava nelle case, e se gli piaceva questo prendeva questo, se gli piaceva quello prendeva quello: ma non pagava né questo né quello.

A un certo punto arrivò alla casetta dei falegnami, entrò e disse:

– Guerra senza pace, questa è roba che mi piace! Ora torno al castello ad appoggiare il sacco che ho in spalla: poi vengo a prendermi tutti questi mobili!

Se ne andò, lasciando guardie di fuori, per non fare uscire niente e nessuno.

I quattro falegnami erano molto tristi, e si misero a piangere alla finestra: ed ecco si sentirono tirare per la gonna, i calzoni, le trecce e i calzini. C'erano lí quattro Gnomi, spuntati dal pavimento.

– Che buone lacrime! – dissero. – Ce le lasciate leccare?

– Chi siete? – disse il falegname.

– I Nascondarelli, – dissero i quattro. – Lasciateci leccare le vostre lacrimucce, e poi diteci perché piangete!

I falegnami si lasciarono leccare le lacrime, e poi raccontarono quello che capitava.

– Pazienza e sapienza, che orco malandrino! – dissero gli ometti. – Ma noi vi aiuteremo. Quando vorrete, dite questa frase magica: «Occhio faccia bugia: quel che c'è non ci sia!» e quello che vorrete far sparire, sparirà! Quando vorrete far tornare le cose, dite: «Quel che ora non trovo, l'occhio veda di nuovo!»

Poi i quattro sparirono nel pavimento: ed ecco il passo dell'orco Capione. I quattro, pensando ai loro mobili, dicono in fretta: – Occhio faccia bugia: quel che c'è non ci sia!

Puf! Tutti i mobili sparirono nell'aria.

– Guerra senza pace! Dov'è quello che mi piace? – disse l'orco appena dentro.

– Che cosa? Qui non c'è mai stato niente!

L'orco, arrabbiato, cercò sportelli nascosti, cercò in solaio, cercò in cantina: non trovò niente. Allora chiese alle guardie:

– Qualcuno ha portato fuori qualcosa?

– Nessuno è uscito né entrato, – risposero le guardie.

Allora Capione pensò che i quattro fossero maghi, e si spaventò talmente che scappò lontano: e i quattro falegnami, detta la formula per far tornare i mobili, se ne stettero in pace.

Indice

Mi leggi un'altra storia?

Einaudi Ragazzi
Lo scaffale d'oro

Gianni Rodari, *La torta in cielo*
Mario Lodi e i suoi ragazzi, *Cipí*
Gianni Rodari, *Favole al telefono*
Gianni Rodari, *Il libro degli errori*
Roberto Piumini, *Lo stralisco*
Gianni Rodari, *C'era due volte il barone Lamberto*
Lella Gandini, *Filastrocche*
Mario Lodi, *Bandiera*
Gianni Rodari, *Prime fiabe e filastrocche*
Bianca Pitzorno, *Extraterrestre alla pari*
Gianni Rodari, *Storie di Marco e Mirko*
Bianca Pitzorno, *L'incredibile storia di Lavinia*
Bruno Munari - Enrica Agostinelli, *Cappuccetto Rosso Verde
    Giallo Blu e Bianco*
Nicoletta Costa, *C'era una volta la nuvola Olga*
Jean Jacques Sempé - René Goscinny, *Le vacanze di Nicola*
Bianca Pitzorno, *Streghetta mia*
Gianni Rodari, *Filastrocche in cielo e in terra*
Daniel Pennac, *Kamo - L'agenzia Babele*
Gianni Rodari, *Il pianeta degli alberi di Natale*
Pinin Carpi, *Il mare in fondo al bosco*
Gianni Rodari, *Novelle fatte a macchina*
Nico Orengo, *A - ulí - ulé*
Gianni Rodari, *Il gatto in gondola*
Francesco Altan, *In barca con Nino*
Daniel Pennac, *L'evasione di Kamo*
Ian McEwan, *L'inventore di sogni*
Lella Gandini, *Ninnenanne e tiritere*
Henriette Bichonnier - Pef, *Storie da ridere*
Agostino Traini, *Mucca Moka, sei grande!*
Gianni Rodari, *Bolle di sapone*
Jean Jacques Sempé - René Goscinny, *I divertimenti di Nicola*

Sabina Colloredo, *Il bosco racconta*
Anthony Browne, *Orsetto e matita*
Roberto Piumini, *Mattia e il nonno*
Angela Nanetti, *Angeli*
Stefano Bordiglioni, *In crociera con Noè. Filastrocche per ridere*
Isaac Bashevis Singer, *Una notte di Hanukkah*
Angela Nanetti, *Mio nonno era un ciliegio*
Daniel Pennac, *Io e Kamo*
Gianni Rodari, *Fra i banchi*
Axel Scheffler, *L'erba del vicino... - Proverbi da tutto il mondo*
Roberto Piumini, *Giulietta e Romeo*
Rime per tutto il giorno
Marion Söffker, *Aggiungi latte e mescola*
Jean Jacques Sempé - René Goscinny, *Le trovate di Nicola*
Sigrid Heuck, *Storie sotto il melo*
Mino Milani, *La storia di Dedalo e Icaro*
Gianni Rodari, *Fiabe e Fantafiabe*
Roberto Piumini, *C'era una volta, ascolta*
H.A. Rey, *Le avventure di Curious George*
Daniel Pennac, *Kamo - L'idea del secolo*
Hans Magnus Enzensberger, *Il mago dei numeri*
Storie di streghe, lupi e dragolupi
Sophie Arnould, *101 Filastrocche e raccontini di campagna
     per scoprire la natura*
Jean Jacques Sempé - René Goscinny, *Gli amici di Nicola*
Serguëï Kozlov, *Il Riccio e i suoi amici - Racconti per i dodici
     mesi dell'anno*
Roberto Piumini - Emanuela Bussolati, *Fiabe per occhi e bocca*
La cicala e la formica e altre favole di animali, riscritte da
     Graham Percy
Boschi e foreste incantate, a cura di Mary Hoffman
Erwin Moser, *La barca dei sogni - Storie della buonanotte*
Penne, matite e astucci - Storie di scuola
Favole di Esopo
Roberto Piumini - Francesco Altan, *Mi leggi un'altra storia?*
Raccontini strampalati e divertenti
Serguëï Kozlov, *L'orsetto e il riccio - Storie dal profondo della
     foresta*
Graham Percy, *Re, papere e rape*
Mino Milani, *La storia di Tristano e Isotta*
Era una notte buia e tempestosa, a cura di Arnhild Kantelhardt

Finito di stampare per conto delle Edizioni EL
presso Editoriale Lloyd S.r.l. - S. Dorligo della Valle (Ts)

Ristampa

2   3   4   5

Anno

2005   2006   2007